목련화 피는 사연

| 이상덕 시집 |

청어

목련화 피는 사연

이상덕 지음

발행처 · 도서출판 **청어**
발행인 · 이영철
영　업 · 이동호
기　획 · 최윤영 | 김홍순
편　집 · 김영신 | 방세화
디자인 · 김바라 | 오주연
제작부장 · 공병한
인　쇄 · 두리터

등　록 · 1999년 5월 3일(제22-1541호)

1판 1쇄 인쇄 · 2011년 5월 10일
1판 1쇄 발행 · 2011년 5월 20일

주소 · 서울시 서초구 서초동 1588-1 신성빌딩 A동 412호
대표전화 · 586-0477
팩시밀리 · 586-0478

블로그 · http://blog.naver.com/ppi20
E-mail · ppi20@hanmail.net
ISBN · 978-89-94638-34-8 （03810）

목련화 피는 사연

소박하기에 더 아름답다

함수남(희곡작가 · 호남대 초빙교수)

삼십여 년 전 교직에 첫발을 내딛던 시절, 제자에게 문학의 꿈을 심어줬던 인연으로 이 글을 쓰게 되었으니, 이만한 즐거움이 또 어디 있겠는가.

학생시절 가슴 깊이 묻어둔 시심을 캐내 담금질하지 않고는 못 배길 강한 충동을 이기지 못해 오십 대의 늦깎이에 등단하였다는 이야기가 내 가슴에 진한 느낌으로 와 닿았다. 그때 그의 앳되고 수줍어하던 청순한 모습 속에 천부적이 시심이 한가득 자리 잡고 있었나 보다.

비록 등단은 늦었지만 오랫동안 쌓아온 내공이 소박한 한 줄의 시로 자연스럽게 용해되어 읽는 이의 마음에 쉽게 와 닿아 공감을 일으킨다.

시는 언어예술이기 때문에 언어에서 우러나오는 묘미가 시의 맛을 더해주는데, 그의 언어 구사력이 뛰어나 시의 향내를 더욱 진하게 풍긴다.

시란 무엇인가?

시인의 마음과 영혼의 울림이 아닌가.

그 울림을 통해 독자는 자신도 미처 깨닫지 못했던 영혼의 갈증을 해소하게 되고, 삶의 활력을 얻는다. 그래서 시는 유구한 시간 속에서도 꾸준한 사랑을 받아온 것이다.

시와 음악은 연인의 관계이듯이 음악이 있기에 삶이 활기차고, 시가 있기에 또한 삶이 향기로워지는 것이다.

그의 첫 시집 『목련화 피는 사연』은 제목 그대로 여간 향기롭지 않다. 화려한 치장이나 기교보다 소박한 시심이 훨씬 아름답게 돋보인다.

'인생은 짧고 예술은 길다' 라는 말이 새삼 새롭게 느껴진다. 느지막이 열정을 쏟아 영혼을 담아내는 시인의 모습이 참 아름답다. 앞으로 우리의 마음에 시원한 청량제가 되는 감미로운 시를 더욱 많이 쓰기를 기대해본다.

　초등학교 3학년 때쯤이었을까. 교실 유리창 밖에 뽀얗게 갓 피어난 목련화가 참 예뻤다. 바람에 한들거리던 꽃은 금방 교실 안으로 들어올 것 같은 착각이 들 정도였다. 며칠 후 마음 가득히 애틋했던 그 사랑스럽고 신비스런 꽃은 지고 말았다.

　꽃이 진 후에 소년은 목련화 주변을 얼마나 서성거리며 꽃잎의 미련을 어린 가슴에 소중히 모았던가. 교실과 목련화 사이에는 소년이 미처 헤아리지 못한 투명한 유리창이 가로놓여 있었던 것이다.

　그것은 목련과 우리 사이의 명확한 선이자 경계였으며, 하나의 획이었다. 꿈꾸는 이상과 현실 사이에 엄연한 괴리가 존재함에 너무 일찍 가슴 아팠던 사건이었다.

　살면서, 철들어가면서, 세월이 흐를수록 목련화를 더욱 사랑하게 되었다. 그 꽃에 대한 애정은 남다를 정도로 깊어만 갔다. 그러나 꽃은 아름다움에 비해, 기다림에 비해 너무 빨리 우리 곁을 떠나버렸다. 세상의 꽃들은 다 생명이 짧아서 마음 시리운 이별을 크게 맛보아야 했다.

다시 생각해보면 어찌 그것뿐이었겠는가. 우리의 청춘도, 인생도 그 꽃처럼 쉬이 지나가는 것을 모르고 살았던 것이다. 뒤늦게야 지나온 삶에 대한 상실감에 뒤척이다가 잃어버린 시를 찾게 되었다. 어쩌면 나의 시는 어릴 적 처음 보았던 목련화의 깊고 깊은 애틋한 전설 같았는지 모른다.

우리 삶은 자신을 숙성시키는 끊임없는 여정일 것이다. 수도자의 혹독한 고행은 침묵의 언어를 기다리기 위해서일 것이다. 김수환 추기경이 노후에 술회하시기를, 머리에서 가슴까지 사랑이 오는 데 한평생이 걸렸다고 하셨다. 그리고 세상에서 가장 먼 길은 바로 그 길이라고 아주 의미심장한 말을 선물처럼 남기고 이 세상을 떠나셨다.

한평생 구도(求道)의 삶이 이럴진대, 나의 졸고는 아직 어린아이의 불완전한 언어임을 익히 알고 있다. 그럼에도 불구하고 온후한 눈빛으로 다가오신 독자들에게 깊은 감사함을 느낀다.

졸고가 세상의 빛을 보기까지 물심양면으로 정성을 다해주신 분들께 고개 숙여 감사드린다. 아울러 살면서 아직 여물지 못한 나로 인해 깊이 상처받은 영혼에게 나의 시를 겸허히 바치고 싶다.

목련화 앞에서

이상덕

Contents

1 가난한 노래

2 솔밭의 노래

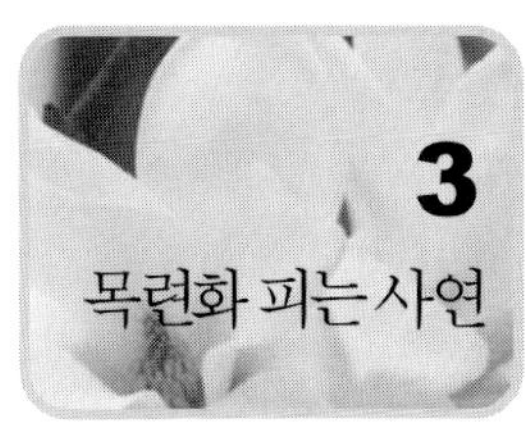

3 목련화 피는 사연

4 나의 시

 ‥‥‥ 목련화 피는 사연

1
가난한 노래

사랑은 가난한 노래입니다
내 불같은 사랑은
언제나 마음은 앞서 달려가지만
결핍의 강을 건너 풍요의 깃발 꽂아 보지만
이내 못 미친 가난한 사랑 앞에
또 떨고 있습니다

초혼

물방울은
촌음이 급하다 하여도
그리 더디 떨어져
낙수 먹은 바윗돌
지금 그 가슴에 허한 구멍일랑 뚫렸나요

목마른 갈증 재촉하여도
모르는 척
바윗돌 촘촘한 여과만 거쳐 돌 틈에 떨어지는
감로수(甘露水)를 마셔본 적 있나요

살아 있음은 위대하였다—
질긴 뿌리 천 년 바위를 뚫고
북풍한설에도 푸른 절개 간직한
저 산 바위 위에 노송 본 적 있나요

무지개 피던 날의 약속
검은 머리 서리꽃 필 때까지
그 순결 간직한 바보스런 사람 지금도 살고 있나요

사랑은
소중한 그 사랑을 위해 소박한 미소 하나 머금은 채,
그 하얀 신앙 가슴에 각인한 채 그대로 망부석이 된
그 사람
당신의 가슴에 지금도 살고 있나요

세월

너무 멀리 와버렸어
여기까지 설마 와버릴 줄은 몰랐는데
뒤돌아보니 아득해서 잘 보이지 않네

온 곳도 너무 멀어 눈도 희미해졌는가
나중엔 귀도 들을 수 없을지도 몰라

세월, 그 앞에 나만 남았네
부끄러움, 그 무게에 죄만 남았네

백양산(白羊山)

위로만 오르려는 본능인가
차단하려는 금기의 산인가

기암절벽 끼고 오르고 올라
칼바람에도 구슬땀 흘려서
마침내 산의 정상이다

다 보인다
지금은 내가 왕(王)이다!
밑에서 올려다 본 개미도 기억하리라

안개에 덮인 백양산은
늘 신비의 산마루이기에
허연 수염 난 산신령도 만나려는데
더 오르라고
앙증맞은 겨울 산새는 지저귀더라

젊은 베르테르에게

젊은 베르테르여!
당신은 순결하였습니다
당신은 위대하였습니다
당신의 열정으로 당신만의 사랑을 구원하였습니다
사랑의 지고함에 오롯한 순정을 온전히 다 바치셨습니다
그 후 세상은 당신을 능가치 못하고 우러러만 봅니다

살면서 때론 우리도 그 고뇌에 빠질 수도 있겠습니다
신은 그때에 가엾이 여겨 우리에게 두 눈을 주신 것인가요
한 눈으로 보았던 것, 아파져 올 땐
다른 눈으로 딴 것도 찾으라고요
당신은 그것마저 외면한
오로지 롯데의 우상밖에 없었습니다
당신의 우매한 눈먼 그 시야가
롯데의 사랑밖에 더는 없었습니다
사랑은 내 유익을 위한 지혜가 결코 아니었군요
사랑은 그렇게 바보스런 순정뿐인 가슴이었군요

젊은 베르테르여!
당신은 영원히 사랑의 화신 속에 사십니다
당신은 이승의 징검다리를 건너 영원한 사랑을 찾으셨습니다
당신을 보는 이에겐 뜨거운 불멸의 사랑으로
구원의 별을 가리키십니다
사랑은 영혼 속에서 온전하고,
유일하게 불후의 피안을 꿈꾸는 구원입니다

가난한 노래

내가 당신을 사랑할수록
당신께는
가장 좋은 것만을 드리고 싶었습니다

내가 당신을 사랑할수록
나의 주머니는 텅 빈 가난을 느껴야 합니다
나의 사랑은 부끄러운 그 가난 앞에
처음으로 가장 아픈 눈물을 흘립니다

내가 당신을 사랑할수록
당신은 저만큼에서 모른 듯이 나를 밝히웁니다
갈 수 없는 안타까운 거리만큼
당신의 존재는 나의 우상이 됩니다

내가 당신을 사랑할수록
모진 태풍 앞에서도 당신의 촛불은 영롱합니다
안으로 흘리는 눈물만큼
꺼질 줄 모르는 당신의 기도입니다

사랑은 가난한 노래입니다
내 불같은 사랑은
언제나 마음은 앞서 달려가지만
결핍의 강을 건너 풍요의 깃발 꽂아 보지만
이내 못 미친 가난한 사랑 앞에 또 떨고 있습니다

꽃잎

섬광으로 스쳐가는
티 없이 고운 메시지였는가
선녀 치맛자락에
나무꾼은 넋 놓아 그저 행복하였노라
세상의 모든 것을 주저치 않아
제 사랑한 영혼을 모아
동질의 삼투압으로 되품은 꽃이여
아직 네 모습 채 못 품었는데
구슬픈 혼백 왜 이리 사방에 흩날리느뇨
아아
먼저 가신 임의 발자취는
아득한 전설이 살았던 곳에
아픈 씨앗 하나 또 어찌합니까

큰 바보

큰 바보가 떠나셨군요
당신 같은 큰 바보가 떠나신 후
모두 현명한 천재들의 싸움터에
뉘가 당신 같은 바보로 밝히시나요?

— 세상에서 가장 먼 길은
머리에서 가슴까지 가는 길이다
(김수환 추기경님 말씀 중에서)

그 하얀 신앙 가슴에 각인한 채
그대로 망부석이 된 그 사람
당신의 가슴에 지금도 살고 있나요

― 「초혼」 중에서

백서(白書)

말을 많이 하였던 건
말 배우는 어린아이의 귀여운 짓이었습니다

용서하세요
불안한 주체의 지난날을 용서하세요
내 안에 갇힌 수인의 욕망도 용서하세요

하늘 가까운 히말라야 산맥까지
당신의 발자국을 훔치려다
초라한 영육(靈肉)마저 모두 바칠 겁니다

산은
말없이
말을 하였듯이

해거름이면
제 어두운 그림자 더욱 길어져
당신의 곁으로 더욱 서성거렸습니다

촛불은 바람결에 위태로운데
그 눈물 한없이 절 밝히셨나요
아득히 밀려오는 꿈같은 전설
칠흑 어둠에도 영롱히 빛날 거예요

아내

물처럼 공기처럼
존재하시는 이여,

있는 듯 없는 듯
소리 없는 기도로
촛불 밝히시는 이여,

길 잃은 미로에 지쳐 있을 때
빈자리의 의미 뚜렷한 이여,

환한 물상(物象)에선 물러서지만
희생의 텃밭 제자리에서
마음의 눈 더욱 아리게
남모를 눈물 안에 흐르는 이여,

어린아이처럼
몽롱한 꿈결 빈손으로
어머니 젖가슴 풀어헤치면
아늑한 낙원에 잠재우시는 이여,

내 영혼 어둔 길 헤맬 적에
험한 비탈길
홀로 발자국 남기시는 이시여

가난한 시인

노을빛 창가 어두워지면
텅 빈 가슴 외길에 서서
먼 창공 별을 찾습니다

하늘 아래 얽힌 인생
땀방울로 닦아도
가슴 한쪽 남은 여백은
누구의 허공인가요

계절이 가고 또 계절이 와도
굵은 손금, 운명의 예언인가
먼 산 닮은 그리운 얼굴
가슴속 전설로 기다려져서

아직도
가난한 시인의 노래
침묵의 강물에 돛을 띄우면
겸허히 들려오는 그리운 노래

천적(天敵)

너는 나의 천적
하늘이 주신 방패마저도
아무런 소용이 없어

아무것도
두렵지 않아
너에게만 빠지는
뜨거운 바다

처음부터
제 운명의 별
세속의 피안 끝에
아스름한 별

너는 나의 천적
네 눈빛 하나에 울고 웃는
네게 속한 영육(靈肉)의 일부

나무 : 인간

스스로
만물의 영장인 자여
하찮은 나무에게
정녕 부끄러울 때마저 없을까

더울수록
인간은 옷을 벗지만
나무는 오히려 껴입는 의미를 아는가

추울수록
인간은 옷을 껴입지만
나무는
오히려 훌훌 다 벗는 의미도 아는가

추울 때나
더울 때나
인간은 호들갑으로 살아가지만
아플수록
침묵을 지키는 나무이잖는가

인간은 백 년을 살아도
나무의 도(道)에 미치지 못하고
어느 날
무덤가에 죄 없는 나무들만 부끄럽게 심었소

편지

어둠이 짙게 낀 날에는 라이너 마리아 릴케가
이제껏 접어두었던 마르테의 수기(手記)를 다시 쓸 것입니다
그리고 빈 뜨락을 정처 없이 거닐다가
좁은 문 앞에 무릎을 경건히 꿇을 것입니다

그때는
깊은 숲 속에 이름 없는 우아한 꽃이 피었습니다
그 고아함은 한이 없었으나 꽃은 자신의 결핍을 찾아
신(神)을 향한 끝없는 그리움에 떨었습니다

당신의 언어는 시가 되고
당신의 선율은 음악이 되고
당신의 그 모습은 성화(聖畵)가 됩니다

아름다운 당신에게로 가는 길은
아주 좁고 험해서 좁은 문입니다
이제껏 수없이 찾은 깊은 숲 속에서
고요한 밤에 한 송이 꽃의 떨림에서

내 죽어가는 고목(古木)에도 생명의 꽃은 피웁니다
당신을 통해 더 소중한 당신 곁으로
사랑은 무한히 허공을 날아
유일한 별을 찾아갑니다

시인의 변증법

그대의 시(詩) 한 줄이 아름다웠다면
그대 또한 당연히 그래야 하느니

글과 처신이 다르더라면
글은
화장술(化粧術)에 불과한 허상이라오

어찌 신(神)처럼
전능(全能)을 기대하겠냐마는
하늘을 우러러
별 하나 한 생애 찾아 나서리

꿈

어젯밤에는 별들이 마구 쏟아졌습니다
어릴 적 동화에서 꿈속의 소녀가 찾아왔습니다
나는 꼼짝할 수도 없었는데 나를 어루만지고 가셨습니다

낮에는 깊은 숲 속에 요정이 마음속에 삽니다
깊은 숲 속에는 마르지 않는 옹달샘이 흐릅니다
요정이 사는 샘물은 마르지 않는 생명수입니다

어느 날 불현듯 내게 스쳤던
소녀의 얼굴은 온 세상 멈추게 하였습니다
태곳적부터 나를 전율케 한 기억이

다시 생각해보니
다시 생각해보니
나를 품에 안고 '내 깨소금' 하시던
내 이모님의 마음을 쏙 닮았습니다
나를 품에서 떼어놓지 못하셨던
내 어머니의 예쁜 얼굴을 쏙 닮았습니다

창공

저 하늘에
구름 걷히면
드높은 창공이네

마음도 비우면 하늘
비우면 더욱 드높아져
푸르게 더욱 푸르게

누구의 마음인가
누구의 마음인가
저 하늘 누구이신가

저 하늘 푸르러서
저 마음 푸르러서
저 창공에 살라시네

강(江)

한 번뿐 아니라
이미 너에게 다 흘렀다
그래도 흐르지 못한 강은 무엇인가
끝없이 흐르는 미련의 강은 무엇인가
그 강물 끝없이, 끝없이 채워도
바다는 더욱더 몸부림쳐 통곡하였다
너와의 거리가 너무 짧구나
너와의 거리가 너무 멀구나

너는 찬란히 존재하건만
건널 수 없는 강이로구나
흐르는 건 허공의 강일 뿐
아직 흐르지 못한 강은 무엇인가
끝없이 흐르는 미련의 강은 무엇인가
너 하나의 티끌마저 굶주려 운다

안개 1

처음엔 순박한 가슴 하나로
어머니 태교의 숨결 더듬어
아늑한 자궁 속에서 온 우주의
별들을 다 읽을 수 있었다는데

다윈의 진화론 따위는 제쳐놓고라도
보아도 보지 못하고
들어도 듣지 못하여
어떤 사물마저 그 본질도 모른 채
역진화론(逆進化論)의 시끌벅적한 시장을 가야 한다

지친 아이는 돌아와야 하듯이
이 자욱한 안개는
태고(太古)의 향수에 사무쳐
외딴 고도(孤島)에 밀착치 못하는 답답함에
어느 초인(超人)이 뿌린 깊은 한숨의 입김이런가

어느 사막에서도
영혼 하나 불 밝히면
고독도 모르는 아늑한 자궁 속에서
꿈꾸듯 우리는 면밀히 하나 되어 별을 따고

온 우주와 교신할 수도 있었다는데

이 버려진 안테나는
자꾸 퇴화의 뒤안길 어떤 상실의 허전함은
눈먼 이기심에 중독되어 굳게 갇힌 수인의
시야가 지금 안개처럼 어둡다는 말인가

내장산

산마루 오르면
세상이 보인다
인생이 보인다

내장산 장군봉
신령이 노닐었던 산마루
세상 미로의 굽이침이다
산수화의 진폭이렷다

비지땀을 흘려
불순물도 흘려
바람 끝 전령
새로운 영혼을 맞이하라

정상에 오르면
영혼은 샤워를 한다

목련화 지는 날에

더는 갈 수 없는 길이기에
가지 끝 그리움은
삼백예순날 별빛에 떨었던 전율,
풍진(風塵) 세파(世波)에 씻고 씻어서
임을 향한 하얀 침묵
그 마음 차마 말할 수 있겠는가
촛농마냥
안으로 고인 눈물 뚝뚝 떨어지는데…

 · · · · · 목련화 피는 사연

2
솔밭의 노래

황혼녘 노을로 허연 머리칼 휘날리며
언젠가 강나루에 오신다 하였으니
그토록
바람 부는 초라한 그리움
솔밭은 온종일 구슬프게 울었답니다

장미

오월 푸르른 날에
무지개 피어오르고
어여쁜 꽃 한 송이
천상이 내린 선물이려오

긴 밤 이슬 걷히면
혼불로 타오른 붉은 봉우리
너의 성(城)은 목마른 신비의 사막
붉게 용솟음치는 갈증 난 심장이여

오월의 햇살로는 부족해
마그마처럼 타오르리라
연인들아
사랑의 증표로 내 붉은 정열을 바쳐라

사는 날
가시에 선혈이 흐를 때에는
아픔만큼 사랑은 깊어져
먼 훗날 신선한 약속이어라

바위

아무런 말 하지 않아도
너의 뜻 다 알 수 있다
언제나
그 자리에 존재만으로
너를 확인할 수 있다

수없는 애련의 세월
안으로 감춰
그곳에 존재만으로

아무런 말 하지 않아도
너의 말 다 들을 수 있다
언제나
그 자리에 있는 것만으로
그 무게보다 깊은 믿음이다

솔밭 사잇길 굽이치는 강나루
푸른 이끼 낀 나룻배
지금도 그 사람 기다리겠지

— 「솔밭의 노래」 중에서

솔밭 사잇길 굽이치는 강나루
푸른 이끼 낀 나룻배
지금도 그 사람 기다리겠지

너

어두운 밤하늘 은하수 건너
어린 왕자 가슴에 남몰래 숨겼노라

이른 새벽녘, 채 날이 밝기 전에
짙은 안개 속에서 너만을 간신히
등에 업고 미궁에서 빠져나왔다

도도히 휘달리는 산맥이여
거침없는 능선 따라
쉼 없는 청춘의 혼으로
너의 우아한 바다에 이르렀으니

너를 향한 끝없는 동경
사모의 끝 저 수평선에서
너를 소중히 안나니
너의 발은 하얀 은 대야에 씻기워서
긴 입맞춤의 깊은 향연으로
난 언제고 네 노예가 될 터라

너의 성(城)은
언제 보아도 신비의 눈망울
그윽한 꽃샘의 향기 영혼 속에서
하루를 살아도
그 안에 영원히 숨 쉬는
생명의 혼으로 너를 갈무리할지니

별 1

칠흑 허공 어두운 밤
다 밝힐 수는 없지만
가슴에 별 하나 살고 있으니

거친 광야
목마른 이방인의 고독에도
어둠 속 별 하나 날 밝히리

억겁 윤회의 바다
거센 파도 노를 저어서
임 찾아가는 기쁨 있으리

소경의 영혼에도 긴 화폭 채우고
귀머거리 침묵에도 임의 노래 듣겠네

가슴에 별 하나
회색빛 여로에도 푸르러져서
별은 멀어도
찬란한 꿈은 영원 속에 머무르리

창(窓)

내 창은 아주 작아요
창의 크기만큼만 보이는 세상이어서
그 안에 굳게 갇혀서 사는 소인배입니다
농번기 때에 황소 발자국 지나간 웅덩이는 가뭄을 만나
피라미 몇 마리 그 안에 몸부림치는 작은 우주랍니다
햇볕을 담고
달빛을 쌓아
별빛까지 따서
바람 끝 내 생명을 씻고 씻어서 가만히 보면
아주 작은 내 우주였군요

목향(木香)

너를 애초에 흠모한 사랑은
이슬처럼 맑은 침묵이었으니
너는 내 곁에 영원하여라

목질부 속 깊은 목향은
풍운(風雲)의 세파(世波) 씻어
나이 드는 것은 늙어가는 것이 아니라
완성되어 가는 것이었다

한세월 주름 깊은 나이테는
깊을수록 고와서 내 집 안 목향의 저편엔
광합성의 푸르른 잎사귀가 휘날렸고
일출의 설렌 태양부터 일몰의 황혼에도
허기진 그리움만 삼투압으로 흘렀나니

한 생애 갈 수 없었던
고독의 긴 사다리는 먼 하늘만 향해
어느 날
엄숙한 제단 앞에 하얀 속살 드러내던 날
너는 정녕 꽃보다 고운 목향으로 그윽하여라

이제는 천 년을 함께 지내자
너를 훔쳤던 애틋한 사랑에도
얼굴 붉히운 속내 고운 네 천성은
고매한 숨결로 영겁(永劫)만 꿈꾸어라

길

그 길을
갈 수 있겠니

예서도
길은 보이지 않는데
어떻게 길을 찾아
먼 길까지 갈 수 있을까

소풍 길에 잃어버린 길
꿈이 깨기 전에
꼭 찾아야 할 길인데…

봄

귀도 막고
눈도 가려
한 생명을 지켰다
더 비우니 신비스런 사랑이었다

뉘의 눈물이
모진 한풍을 이겨
결빙된 호수의 일체를 해빙시켰던가

어느 마음이
너 하나 그토록 못 잊었는가
어느 혼불이
너만을 소중하게 사모했던가

먼 산

제 생각 하나
바꾸지 못한 바보
험한 산에 갇힌 바보

일상은 늘 자신에게 속아서
제 안에 굳게 갇힌 바보
제가 먼저 타는 줄도 모르고

세월이 갈수록
눈이 희미해지는데
세월이 갈수록
귀도 멍해지는데
스스로 험한 준령에 넘어져 우네

산 밑에 개울물은 이미 흘러갔는데
산 밑에 개울물만 더욱 울어 울었다

제 눈은 가까운 곳만 아닌
먼 곳의 먼 산도 품으라네
제 귀는 잡다한 소음에도
미소 짓고 순해져라 했는데

무인도

— 금일도에서

어느 산맥이
바다를 저토록 흠모했는가

그리운 저 바다에 갇혀
순결한 투항인 양
파도의 노래에 귀먹었다

아침이면 면밀한 안개
섬마루는 운무의 낙원이다

밤새운 파도의 애무
애틋한 소중함에
고요한 향불의 향연인가

비가(悲歌)

제 모른 가슴엔 총알이 박혔다
제거할 수도 없는 총알이 박혔다
소리 없는 신음에 통증뿐이다
어디를 가 봐도 가눌 수 없어
망망대해 초라함뿐이다
뉘에게 보여줄 수 없고 소리 낼 수 없는
어찌할 수도 없는 버거운 무게 속에
밖에는 연일 비만 내리고
어디를 가 봐도 안개만 자욱하다
안타까움에 지친 사슴 한 마리
하늘 한 번 더 쳐다보고
믿고 싶은 바위 곁에 소리 없이 흐느낀다

비

밤에만 숨어서
소리 죽여 젖어서
세월의 무게만큼 아파서

숨어서 내린 비는
소리도 없는 비는
허옇게 아픈 비는
죽어도 눈물 아닌 비입니다

산정(山頂)을 향해

오늘같이 추운 날엔
눈 쌓인 산길을 홀로 가겠소
길이 없으면 만들어가겠소

삶의 무게 배낭을 메고
산정(山頂)을 향해
하늘 가까이
외로워도 혼자 가겠소

매서운 바람결에
혹여
쓰러져 뒹굴면 나뒹굴어
만년설 계곡에 잠들어도 괜찮겠소

가장 아픈 곳이
가장 낮은 곳이
가야 할 길이라면
최고가 아니래도 괜찮겠소

고독한 바람결도
쓰다듬어주지 않겠소
낮고 아픈 곳도 하늘에 닿아
거듭 태어날 피정은 행복치 않겠소

기도

폭풍우 속에도 기도하게 하소서
일그러진 초상(肖像) 겸손하게 하소서

바람처럼 스쳐가는 인연에도
제 흔적 또한 추하지 않게 하소서

때론 아득히 먼 곳도 보아
이 땅이 넓음을 기억케 하시고
제 편협한 생각은 하늘 높음도 알아
소박하고 성스러운 사랑이게 하소서

사랑 받기보다는 존경받게 하소서
기쁨 받기보다는 신뢰받게 하소서

세간의 먼지 수시로 닦아
숨겨진 신비 눈을 뜨는
숙성된 시야도 허락하소서

하여
내 빈약한 허물은 삶의 눈보라를 딛고
깊은 골에 쌓인 눈처럼 희게 하소서

키스

하늘과 땅이 흠모해
가장 아름다운 꽃을 피웠다
천국을 향한 좁은 문이 열려
거대한 낙타가
바늘구멍을 통과하고 있다
우주도 멈춰
신혼 방을 꾸며주는 중이다

유월의 노래

눈먼 반도 안타까워서
천둥은 먹구름 속에서
피를 토해 통곡하였다

너를 떠난 응어리진 서릿발
반세기 통한의 철조망 녹만 슬어
저 새들 보기에도 민망치 않은가

잔인한 총구 앞은
단군의 자손이었소
내 부모, 형제자매뿐이었소
허리 잘린 반도는 서글프기 한이 없소

이제는 차디찬 대륙(大陸) 뜨겁게 데워
응어리진 두꺼운 갑옷 다 벗기워라
감동의 다리로만 건너라
너의 허약은 나의 허약이니 먼저 포용하여라

6·15 공동선언은
태초에 아담과 이브가
부끄러운 음부 가리웠던 손 서로 맞잡고
무장해제 된 철마의 대륙으로 달리자고 하였다

아, 이 깊은 아픔도
천지의 수치인지라
무거운 지하의 유골, 구천의 넋이
더 구슬프게 떠돌기 전에 이제는 향불을 피우자

내 형제 피도 외면한 허울뿐인 이념
저 간지러운 명분의 두꺼운 옷 벗어던져
견우와 직녀는
뼈가 으스러지도록 뜨겁게
꼬옥 껴안아 사랑만 하여야 한다

그리움

하루 종일 비만 내려서
소리 없는 비만 내려서
늦은 계절의 비가 내려서
눈물인지 빗물인지 시야 흐렸네

실개천이 모여 흘러
참았던 봇물도 모두 흘러서
꿈으로 이어진 저 바다에
알 수 없는 심연은 깊어가는데

예전엔 미처
제 하나의 무게도 알지 못하면서
하늘나라 꽃에 그저 탄복만 했었지
철없는 아이 되어 그저 갖고 싶었지

아아,
사랑이란 홀로 가는 길
목마른 너 하나 숨 가빠도
아득한 전설처럼 오신다기에
사랑은 오직 수행 길을 머문다네

사랑은 울어서 간다

살을 에는 동짓달 한풍에
문풍지는 얼마나 떨어서 우는가
결핍은 언제나 스스로 울었던가

숨 막히는 암 병동 수술실에서
시계 초침 애간장의 타는 순간은
얼마나 쌓여야 새 생명 거룩히 태어나는가

쉼 없이 휘달렸던 산맥이여
그리운 바다는 꿈에 이르러도
제 순정의 가시는 깊어만 가서
노을은 붉게만 물들어갔네

어떤 운명의 비탈길에도
사랑은 고귀하도록
영혼은 순결하도록
바보처럼
꿈은 멀어도 사랑은 별처럼 영롱하리

솔밭의 노래

— 롱펠로의 시 「에반젤린」을 읽고

솔밭 사잇길 굽이치는 강나루
푸른 이끼 낀 나룻배
지금도 그 사람 기다리겠지

화살같이 박힌 사연
그 아픔 별이 되어
젊은 날은 신기루의 전설이어라

산산이 모진 세월
이슬로 맺힌 강물입니다

당신은
한 생애 찾아 헤매는 뜨거운 눈물
안으로 여민 바로 당신이었기에

황혼녘 노을로 허연 머리칼 휘날리며
언젠가 강나루에 오신다 하였으니

그토록
바람 부는 초라한 그리움
솔밭은 온종일 구슬프게 울었답니다

해후

저 산은 말없이 하늘에 쓰네
계곡물 숨죽여 낮게 흐르네

저 산자락 뉘 고운 발자국이
천 년의 인연 닿은 해후였던가

우거진 녹음 속에 계곡물도
숨겨둔 바위 속을 흐르라네

죽은 듯 침묵하는 저 산마루
태고의 용암마저 잊었겠는가
시작도 끝도 없는 인연이여

고운 임
첫눈같이 즈려밟으사
산마루 구름 흘러갔겠지

우리의 노래

우리는
우리만의 언어를 알아듣기에
우리라고 부르자

가을 하늘 푸른 창공에 쓴
내 편지도 읽을 수 있기에
유일한 우리라고 부르자

세상을 살면서
가슴 뛰는 벅찬 순간에도
숨겨야 할 아픈 뒤안길에도
생명처럼 소중한 우리라고 부르자

우리는 어느 곳에 있어도
남모를 기쁨의 한순간
은밀한 보물창고 날로 새로워
우리는 우리만의 풍요라고 부르자

세상의 무게에도 네가 있는 한
영혼의 나침반은 찬란한 별빛이라
내 굵은 땀방울 기쁨으로 샘솟아
언제나 우리의 희망이라 부르자

3
목련화 피는 사연

다시 봄이 왔습니다
처음 당신을 본 내 그리움은
그대로 멍울져 허옇게 피어납니다
겨우 며칠만이라도 당신이 계신 세상을 위해
내 생명의 꽃만 피우렵니다
내 이름은 목련화입니다

목련화(木蓮花)

텅 빈 뜨락 불 밝혀라
천상의 벅찬 소식 목련화로 피웠어라

지난 별밤을 다 살라서
인고의 뒤안길 이슬 머금어
숙성의 별빛은 영롱하였더라

오래전부터
전해온 맑은 전설 따라
거친 황무지에 조건 없는 순결이었느니

그 오롯한 사랑만 잉태하여
가이없는 격정의 바다를 건너
쉼 없이 파도치는 사모(思慕)의 봉우리로
너에 이르면
어느 소유의 차원보다 고아(高雅)하였나니

너의 지조는
그토록 흠모한 별을 향해
하얀 순교의 혼불인 양
천상 그리움의 향기를 머금었던가

보아라!
꿈으로 피어난 내 누이의 속치마보다
더 정결한 저 꽃은
생명이 고난보다 아름다운 것을

상사화

바람같이 한번 스쳤는데
너의 모습 우연히 보았는데
제 운명의 사진이 될 줄이야

티끌은 태산이 되어
제 가슴을 온통 뒤흔들었네
제 육신의 혼불을 피웠었네

전율로 타오른 그리움의 뿌리여
세월의 뒤안길 임을 향한 고갯마루여

그리워
그리워
온몸이 불타도록
붉은 연모의 혼불이어라
제 이름은 상사화이어라

안개 2

하얀 영혼이
품어낸 아름다운 구속인가
면밀한 입김의 속삭임
로렐라이 유혹에 갇혀
걸치운 옷마저 무거운 허울
태초의 동산 에덴으로 가잔다

갇힌 욕망, 중압의 구속도
무위의 고도에
낡은 제도는 졸업의 축제로구나

꿈꾸던 알은 두꺼운 껍질을 뚫어
신비의 생명 새롭게 눈을 뜨는가

달콤한 입김
너무 잦으면 아편 될지라
아름다운 거리(距離)를 위해
뚝뚝 떨어지는 눈물의 이별
하얀 유서 남기고 사라져간다

다시 봄이 왔습니다
처음 당신을 본 내 그리움은
그대로 멍울져 허옇게 피어납니다

― 「목련화 피는 사연」 중에서

나의 꽃

꽃 속엔 감옥이 있다
꽃의 향기 속엔 오랏줄이 있다
꽃의 우아함에는 구속이 있다

내가 네 속에 갇혀
숨 쉬지 못할 때에
너는 그것을 알고나 있었을까

저만의 꽃이기에
저만의 향기이기에
저만의 영혼 속이기에
내 유토피아에 갇혀 헤맬 뿐이다

보이지 않는 네 마음을 쫓아
끝없는 어둠 속, 네 등불 하나 켜지기를
먼 우주를 한없이 떠돌 뿐이다

별 2

1
먼 하늘 별 하나 반짝이는 날에는
나만 보고 반짝인 줄 알았었다

먼 하늘 별 하나 영롱한 날에는
날 위해 초롱한 별인 줄만 알았었다

사랑이 무엇인지 알기도 전에
목숨보다 더 깊이 빠져버린 죄여

어두운 밤하늘의 저 별 하나는
나를 위해 빛난 줄만 알았었다

사랑을 알기까지
밤하늘의 수많은 별은
얼마나 죽어서 다시 뜨는 것일까

2
밤하늘 제 별이 영롱할수록
나에게 닿기까진 너무 멀었던가

풀잎 이슬에 저 별을 새겼다고
저 별이 내 별이라 우기지 마라

사랑은 제 마음의 집착만 키워
공허한 허공에 피눈물만 짙어
황혼 빛 노을에 한없이 울었던 나그네여

서글픈 저 별빛
온 우주에 똑같이 내릴지라도
눈먼 장님은 더 깊이 저 별을 새겼나니

하여
저 별아!
가장 사랑했던 자의 별이어라
가장 흠모했던 장님의 별이어라

어느 황혼녘의 노을을 모아
사랑은 한결같은 보살핌으로
사랑은 한결같은 섬김만으로

저 별을 찾는 길은
내가 나를 다시 보아
내 안의 신전(神殿)에 별을 낳는 일이다
내 안 깊은 곳에 너를 섬기는 일이다

자화상(自畫像)

바보는
인생의 깊이만큼
영혼의 높이만큼
저만큼 먼 거리에서 오는 건가요

세상을 아는 것보다
세상을 깨달은 것보다
제 영혼의 눈먼 세월 더욱 아려서
바위 앞에 서면 내 초라한 침묵만 깊어져

굽어보면 오뉴월
제 성화의 달금질에 뜨거웠던 세월
어느덧
허연 머리 감춰야 할 바보로군요
제 안에 바보 하나 닮으라 하네요

새

하루가 저물어간다
둥지를 찾는 새는 어둠 속을 헤맨다
마음의 둥지는 별처럼 아득해
어둠 속 허공을 드높이 날아야 한다

제 힘이 다하는 날갯짓으로
제 생명이 다하는 날까지
피안의 저 높은 새의 둥지로
마지막 그리움을 찾아야 한다

목련화 피는 사연

당신을 처음 보았습니다
자주 만나고 싶을수록
하늘은 노했습니다

보고 싶었습니다
듣고 싶었습니다
만나고 싶었습니다

몰래 보려 한 죄로 하늘은
장님으로 살라 했습니다
당신의 소리라도 자주 들으려 한 죄로
하늘은 귀머거리로 살라 했습니다
귀머거리 되고 장님이 되어도
당신의 곁으로만 가려 한 죄로 그 자리에
멈춰서만 살게 했습니다

봄
여름
가을
겨울
그 풍진 세월 다 보내어도

어둠 속에 별님의 희망처럼
모진 그리움만 키웠습니다

다시 봄이 왔습니다
처음 당신을 본 내 그리움은
그대로 멍울져 허옇게 피어납니다
겨우 며칠만이라도
당신이 계신 세상을 위해
내 생명의 꽃만 피우렵니다
내 이름은 목련화입니다

산

산은
산은
얼마나 큰 사랑의 화신(化身)이었니

너는 수많은 수목을 살리우고
이름 없는 잡초까지도 버리지 않아
말없이 말없이 생명으로 살리운다

해가 뜨면
온갖 새들의 낙원으로
교향곡의 쉼터를 만들고
세상과 타협치 않는 순박한 야생동물의
어머니가 되나니

해 질 무렵이면
그 풍치에 어울리게 엄숙함도 알아
고요의 숙성도 결코 소홀치 않느니
세상의 한(恨)에 쓰러진 망자의 아픔까지도
마지막까지 쓰다듬어 안느니
가슴 깊숙이 안아주느니

사랑의 화신이여
너의 그 덕성(德性)은
휘달리고 휘달려서 바다까지 왔거늘
그리움을 못 이기고…

겨울비

단단한 각오가 풀려
눈물로 내리는 건가

지금은
어차피 떠나야 할 계절
뿌리는 깊어 심지가 떠는구나

숨겨둔 미련처럼
하염없는 비만 내리는가
설움은 흘러도
동일온화(冬日溫和)는 불신(不信)일진대

아무것도 모른 듯이
철없는 눈물만 흐르던가
계절도 잃은 비만 내리던가

당신입니다

지난 어둠 속에서
불나비의 불빛이 되신
당신입니다

당신입니다
내가 사는 영혼입니다
모든 것의 우선입니다

당신입니다
하늘 아래 가장 소중한 보물입니다
천국을 향한 지상의 무지개입니다

당신입니다
죽음도 초월해 다시 찾아야 할
한 영혼의 고정된 나침반입니다

불굴의 통증 이긴 나의 자유입니다
어둠 속에도 영롱한 나의 별입니다

안항(雁行)

희뿌연 연기의 기차를 타고
강 건너 산 넘어
우리는 어느 간이역에 내렸어요

밤새 내린 허연 서리 길
어머니 가슴속 포근한 요람은
무척 따뜻한 추억이지요

계절이 저문 차가운 날
어둔 들녘 기러기 떼 날아
아버지의 따스한 품 속에서 들렸던 언어
— 세상 바람 차가워도
형제는 안항(雁行)*처럼 살아야 한다

세월의 이끼 무심히 쌓여
아버지의 향수가 사무쳐오면
어느덧
주르르 뜨거운 강물
뼛속 스쳐오는 황량한 들판에
흩어진 안항(雁行)을 찾아봅니다

*안항(雁行) : '기러기의 행렬' 이라는 뜻

어머니

산을 넘고 강을 건너서
낯선 어느 이방인의 땅에도
거친 대지마저 당신의 손길 닿으시면
온후히 덥히시던 어머니,
오늘같이
신록이 유난히 빛나던 날에
방금 낳은 햇닭의 따스한 알을
제 입에 넣는 게 더 큰 행복이었지요
그 사랑 한평생 가슴에 얹혀
부끄러이 숨겨둔 내 밀밭 풋내음
술 익는 바람결로 저려오면
어머니,
어디에 지금 계시옵니까
당신 가슴에 불충의 가시는
철없는 머리 은빛 되는 날에 비로소 당신을 봅니다
아지랑이 신기루의 전설마냥
당신은 이미 가시고 아니 계시는 날에
어머니,
삶의 버거운 무게에 실컷 울고 나면
비로소 다시 보이는 영혼의 텃밭입니다

가을여행

가을이 오면
여름내 뜨거웠던
그리움 따라 떠나고 싶어요

가을이 오면
가을빛 사랑 따라
낙엽처럼 어디론가 떠나고 싶어요

무르익은 열매는
제 무게에 겨워 떨어지듯이
어디론가 떠나가고 싶어요

가을에는
제 마음 아시어라
깊은 숲 속 요정의 나라로
그리운 가슴 하나 날개 저어 가고 싶어요

찔레꽃

애틋하게 꽃피운 저 순정
저녁이면 져버릴 아픈 꽃이여

그 아픈 생명
제 안에 곰삭아
가시의 성곽만 쌓았으니

아무도 오지 않는 호숫가에
가시 박힌 제 사연 각인하여서
수많은 계절의 뒤안길에

시리움도 품어주는 저 산속에
칠흑 어둠 밝히울 촛불마냥
숨겨온 가슴속 사연 꺼내면
물빛 향기 눈시울만 적시우리

연어

바다여, 산맥이여
어찌 저토록 애닯웠던가

그리운
저 애틋한 가슴엔 연어가 살아서
꿈의 전령은 한 생애를 찾았나니

사랑함은
사랑함은
한 세상 모른 듯이 살아갔어도

연어여, 때가 되면
그 하 많은 바닷물 속에
네 본향 심산계곡의 물의 분자
어찌 알고 찾았는가

바다여, 산맥이여
뜨거운 혼불 밝혀
거센 물살에 목숨을 걸어
거슬러 산맥에 연어가 이르노니

한 생애 씻고 씻었던
맑은 영혼 제 육신은
기필코 본향을 찾았나니

뜨거운 해후 하늘에 맡겨
혼령 깊은 곳에 또 씻어서
귀먹은 산맥엔 바람결만 울었지
막막한 저 바다 파도만이 통곡했지

노을

나의 하루 중에
노을이 가장 기뻤듯이
내 인생에 황혼이 다가올 때에
내 소중한 사랑은 저 멀리
내게 못 미친 아쉽고 설움에 지친 사랑이 될지라도
제 생애 깊은 상처 끝에 무디어진 백치가 될지라도
내 사랑은
마음 저편 깊은 기도처럼
거룩함의 하나만은 잊지 않게 하옵소서
하여 내 그리움은
더욱 애틋한 숭고함을 잊지 않게 하옵소서

임이 오시는 소리

일상 안에 당신을 느낍니다
임의 끝없는 존재 속에

당신을 통해 천상을 느낍니다
임의 유일한 사랑 안에

눈으로만 찾아 헤맨 당신이 아닌
마음 안의 보물을 찾으라고 합니다

보물도 자칫하면 훼손되기에
거센 폭포수 뒤엔 맑은 이슬로
밤하늘의 저 별도 새기라 합니다

사랑은 끝이 없는 샘물입니다
흘러도 흘러도 마르지 않는 샘물입니다
존재 이유로 당신이 흐르는 강물입니다

자신은 죽어도
사랑은 영원합니다
죽음은 허공에 찰나일 뿐
죽음보다 강해서 영원입니다

겨울 산

겨울 산을 보라
스스로 긴 침묵을 통해
세상의 고갈된 눈물 적셔
통회의 고해소를 이룬다

너른 지평 은빛 찬란한 설원도
한때는 주체할 수 없이
협곡 낭떠러지에서 부서져야 했다
계곡마다 앙상한 겨울나무여
사색(死色)의 한풍(寒風)에서도
지난날 잉태한 꽃눈은 품어야 한다

희로애락
모든 그리움도 묻어가듯이
질곡의 구비마다 목마른 협곡 거쳐
머나먼 바다 이르기까지

아쉬운 마음도
전설(傳說) 속 순구한 설국(雪國)에 덮어서
그 먼 날
빙하의 역사 긴 피정
초인(超人)의 발자국이 들릴 때까지

하나이듯이

드높은 창공이야
내 마음에 담으면
온 우주도
제 영혼의 심연이지만

드넓은 이 땅에선
너 하나
뒤덮은 내 눈꺼풀 속에
아무것도 보이지 않았다

너 하나
고스란히 보물로만
차곡차곡 쌓았다
너 하나 소중함에
눈 감은 채 꿈꿨다

아무도 갈 수 없는 곳에
뉘도 가질 수 없는 곳에
그곳에 유일히 가고파
나는 수없이 자신과 싸웠다
나는 수없이 피안(彼岸)을 꿈꿨다

새벽 편지

생각의 끝엔 별이 되어도
일상의 언저리엔 향기 스쳐도
불현듯
티끌은 태산이 되어
여린 가슴에 요동치는
천둥소리 들리십니까

이성은 피아노 건반 위에
고독한 연주만 깊어갈 뿐,
새벽의 파열음은
태초 이래 고전(古典)의 무게를 뚫어서 갔다

불면의 밤을 지나
나는 나를 벗어 무장해제 된
저 아마존 숲 속에 자유인을 찾는다

기나긴
고독의 긴 사다리는 허공에 쓴 시(詩),
하늘 끝까지 가자던 젊은 날의 약속은
그리움의 폭포에 위태롭게 쏟아진다

내 젊은 새벽 편지는
동녘의 샛별을 잉태한 이슬로
찬란한 생명의 깃발 산마루까지
하늘은 멀어 또 울어야 했다

 · · · · · · 목련화 피는 사연

4
나의 시

하늘 향한 긴 사다리
간절한 기도로 닿아서
그대 곁에 가까워진다면
고독한 긴 밤엔 다정한 벗이 되어
별빛 영롱한 이야기 속에
차라리 눈물뿐인 우리라도 좋겠소

촛불

당신의 고요한 촛불 속엔
내 마음의 우주가 밝혀오고
당신의 촛불이 나부끼면
내 영혼의 우주가 숨 막혀 온다

염(殮)

― 어머님을 여의고

마른 가지 분 발라 꽃 피우시렵니까
이승의 강 건너
차디찬 육신 앞에 한없는 설움이여!
애증의 강도 깊어
통곡의 산도 높아
이승의 한(恨)만 쌓으셨는가요
복받치는 눈물
낭떠러지 깊은 계곡, 천 근의 무게로
절규의 피멍울 터지도록 훑어 내리칩니다
당신의 앙상한 뼈마디 드러낼 때까지
나는 우둔해 당신을 미처 알지 못했어요
마른 가지 분 발라 꽃 피우시는 날
당신은 훨훨 날아 머나먼 여행길을 떠나시나요?
화려한 통회(痛悔) 온 천지에 너울너울 나부낄 때
끝없는 당신의 바다 앞에
내 통곡 안으로만 쓰러집니다
당신의 앙상한 뼈마디에서 당신 해산의 산고(産苦)까지
거꾸로 거슬러 가시 박힌 내 부끄러운 삶…
앙상한 육신 홀로 남긴 채 기약 없는 먼 길 떠나실 적에
내 불충(不忠)의 강물 가눌 수 없어
불효자는 귀 멀고 눈멀어 급류의 강물에 휩쓸렸습니다

나의 시(詩)

우리의 사랑은
애틋한 눈빛 하나로
은하수를 건너는 우주랍니다

나의 사랑이여,
선녀 치맛자락처럼
떨어지는 꽃잎처럼
어찌 한순간에 떠나려 하는가

하늘 향한 긴 사다리
간절한 기도로 닿아서
그대 곁에 가까워진다면

고독한 긴 밤엔
다정한 벗이 되어
별빛 영롱한 이야기 속에
차라리 눈물뿐인 우리라도 좋겠소

가없는 그대여
마지막 유언의 흔적마냥
오롯이 임 향한 각인만 해서

한 줌 흙이 되어도
바람에 휘날리는 티끌이래도
영원히 숨 쉬는 혼불을 켤 터이오

혼불

너는 찾을 수 없는 미로로만
먼 우주 끝에 머물지라도
나 그곳에 이미 이르렀을 거야

너의 눈빛 하나에도
이 세상은 태풍이 일었었고
쓰러진 폭포수에도
영혼의 신음소리 서로 느껴
어둠 속 통증의 가시밭길에도
우리는 소중한 하나였었다

살가운 네 애틋함은 피멍울의 고개
번번이 넘어져도 섬광 속에 그리웠노라
차가운 밤하늘엔 별빛만 영롱해
제 육신의 껍데기 벗어버린 날에
우리는 연기처럼 훨훨 날아가자꾸나

사랑한 만큼 아팠나니
사랑한 만큼 행복했나니
알알이 사리처럼 깊게 맺힌 꽃이여

우리는
태초의 숲으로 가자꾸나
죽어도 죽지 않는
불멸의 혼불만 피우자꾸나

풀잎

당신이 밟으시면
난 쓰러져 신음합니다
쓰러진 채 당신 발에 키스하게 됩니다

당신은
나의 존재 이전에
훨씬 그 이전 당신의 영토인 곳에
내가 숨 가쁘게 찾은 보물입니다

당신이 밟으시면
내 촉수에 맺힌 눈물만 흐릅니다
당신의 발자국은 내 희열의 신음입니다

진주

깊이 박힐수록 아팠다
아플수록 제 살이 되었다
통증이 보물이 되었다
영원한 사리가 되었다
내 안에 네가 산다

만화(晩花)

어찌할거나 어찌할거나
계절을 잃어버린 저 벽오동 나무를

창가 벽오동 나무에 주렁주렁 열매는 익어가는데
가녀린 가지 끝에 웬 꽃송이더냐

철없이 핀 서글픈 꽃이여
계절도 잃어버린 애꿎은 꽃이여
차가운 무서리는 이제 다가오는데

어느 가슴 깊은 그리움이기에
제 운명의 서러운 곡조인 양
늦게 피어버린
저 꽃을 어찌할거나

故 정순녀 님 추모시

먹구름 가리워도 하늘 드높음은 보셨어라
깊어진 계곡에도 땅이 드넓음도 아셨어라

함평천지 순박한 규수가
경주이씨 종갓집 매운 인륜 쌓아
가없는 천륜 끝에 여기 잠듭니다

하늘이 주신 무게 태산 같아도
한 생애 버거운 짐 안으로만 삭혀
뉘도 원망치 않는 지고한 순명!
하늘 부르심에 여기 내려놓습니다

임께서 걸으셨던 인고의 세월
우리의 숭고한 거울입니다
기도 끝에 보이는 당신입니다

사랑합니다
존경합니다
기억합니다

故 한주호 준위님 추모시

산 자는 늘 부끄러워서
임 앞에 더욱 부끄러워서
뜨거운 당신 앞에 고개 숙입니다

마(魔)의 백령도 급한 조류 속
주변의 만류에도
스스로 몸을 던진 노병(老兵)이시여
대한민국은 지금 당신 앞에 울고 맙니다
숭고한 당신의 영령 앞에
뜨거운 가슴 모아 울고 있습니다

당신도 아들과 딸을 두셨겠지요
육신의 자식보다
안타까운 생명의 시한부 앞에
발만 동동 굴리는 대한민국 앞에
제 몸을 던져 불멸의 꽃으로 돼 피셨군요

인간의 영웅이시여!
군인의 성웅이시여!
인류의 등불이시여!
대한민국은 당신께 미안해 울고 맙니다

부디
천국에서 편히 쉬소서
이 땅이 어두워질 땐
당신의 혼불 뜨겁게 밝혀
숭고한 임의 발자국 고이 따르게 하소서

통곡한다
— 772호 귀환에 부쳐

저 침묵의 귀환을 어찌할 것인가
아직도 시퍼런 저 바다 암흑 속에서
처참히 산화된 우리 애들은 어찌할 것인가

저 통곡하는 울부짖음이 들리는가
그날의 피비린내 아직 가시기도 전에
구슬픈 통곡, 저 영혼들을 뉘가 달랠 것인가

우리 아들들아
우리 젊은 아이들아
어른들이 철이 없어 희생양이 되었구나
우리가 너희를 처참케 제물로 내몰았구나

직녀와 견우여
견우와 직녀여
단군의 자손이여

우리는 뜨거운 사랑
사랑답게 해보지도 못한 채
피 맺힌 절규 처절한 가시밭에
언제까지
고슴도치 운명에 갇혀 살아야 하는가

눈

하얀 눈이 소복이 쌓이는 날엔
아무도 그 눈길을 가서는 아니 됩니다
아무도 그 눈 위에 길을 내선 아니 됩니다

밤새 끝없는 생각에
차마 닿을 수 없었던 간절한
흠모가 서린 설원이기 때문입니다

임을 위한 생각의 끝은
한없이 하얘지고 싶은 내 소망입니다
영원히 오래 간직하고픈

산마루 정상
그 자태는 임이 사시는 염원입니다
허연 신비의 만년설은
어느 바람결에도 울지 않아
제 모습 그대로 간직하옵기에

흔적

그 자리가 명당이랬는가
그 자리가 무덤이랬는가
그 자리에 통곡의 슬픔을
언제 묻었단 말인가

수풀에 우거진 무덤의 흔적
아무도 기억하는 이 없다

과거는 과거의 흔적일 뿐
이제는 나무들이 주인이다

한때의 먹구름이 지나간 후
하늘은 그저 맑기만 하다

덧없는 세월을 녹음(綠陰) 속에선
무수한 업보인 양
매미들의 합창소리 유난하다

로렐라이

얼마만큼 더 살아야 채워질 수 있겠니
얼마만큼 더 앓아야 밝아질 수 있겠니

목마른 영혼아
타오르는 영혼아
누가 너를 이렇게 만들었더냐

어두운 불빛 속에 불현듯이
미소 짓는 그 얼굴도 보았더냐

밤이면 밤마다 뜨거운 불꽃 속에
재가 되어도 뛰어드는 불나비였구나
흔적 없이 타 죽어도 행복한 넋이었구나

네가 흐르는 음악을 따라
가까이 가까이 네게로 가면
로렐라이 강물은 무섭게 뒤삼켜 버렸구나
너를 따라 기쁘게 죽어가는 혼백이었구나

고슴도치

고슴도치도
헤어지지 않고 함께 산단다

부둥켜안으면 가시에 찔려
피 흘린 아픔은 저려오지만

응어리 멎고
새살도 돋으면
분노는 잠시의 무지여서

네 부족함이
내 결핍으로

내 분노가
네게 흘렀던 강
그래도 우리는 한 핏줄로 흘러야 한다

은행나무 전설

수억 년을 살았지만
꽃 피우지 못한 운명이었구나
곁에만 있어도 좋았는가
존재의 의미는 꽃보다 고왔었지
품 안에 잠재운 전설의 유전이
우수수 낙엽이 떨어지면
어찌할 수 없는 그리움에
수억 년 전 화석부터 뜨거워진다

수석(水石)

내 모태 원석에서 떨어져
흐르는 시냇가에 나뒹굴었던 풍진의 세월
유달리 저만 깨어지고 부서지고 가루가 되는
그 통한의 여정이라 여겼는데

그것은
더 사랑받기 위해선
더 많이 아파야 한다고
스치는 세월의 바람은 꿀 먹은 입술로 전하더라

담쟁이

다른 나무들처럼 하늘을 향하는
푸른 기개를 모르는 건 아니었어
아아, 그 무엇이
제 앞에 전부의 집념이 되었더냐
눈먼 백치라고 세상이 놀려도 좋았어
네 앞에 청천벽력 같은 절망감일 때도
무성한 줄기로만 끝없이 뻗어갔었지
하늘이 어딘지 아직 몰라도
북풍이 온몸을 때려 때려도
무엇이 제 삶의 전부였는지 너만 향했지

용기(容器)

상대를 담을 수 있는 용기
주변을 담을 수 있는 용기
세상을 담을 수 있는 용기
제 그릇의 용량은 얼마만 한가

내 그릇의
용량은 얼마만큼 구워졌는가
내 가슴
어디까지 키워 왔는가

변명

인생길이 왜 구부러진 여로냐고 묻지 마라
강물이 왜 굽이쳐 흐르냐고도 묻지 마라

순리의 길로만 흐르는 강물도
술 취한 듯 굽이치는 여로인데
갈대 같은 삶인들 어찌하였으랴

오염 없는 새벽엔
수도승 같은 외람된 고독을 택하였었고
격정의 강풍 속엔
세속에 찌든 파계승처럼
발자국은 그때마다 비틀거렸다

새싹은 강풍에 시달려도
그 상흔 죽은 듯 스치고 나면
여린 새순은 다시 굳건하나니

삶이 깊어가는 고갯마루엔
남모른 아픔도 숙성되나니
겹겹이 쌓아둔 보물처럼
그대 침묵은 가슴 깊이 별빛이어라

효(孝)

이 세상에 나서 산다는 것은
아버지의 한 많은 세월을 먹고도
비틀거리는 듯한 술 취한 당대(當代)
또 그 아들의 빈약한 생애를 보며 사나니
짧지만 삼대(三代)를 모두 사는 게
욕심 많은 인생일 것이다

아버지의 아버지의 아버지는
이제는 흙으로 오시지만
그 간절한 기도는 얼마나 크셨겠는가
그 기도 하늘 끝에 닿고도 남아
천지 만물의 오묘한 진리
모두가 나를 위해 존재하건만
얼마나 알고 있었던가?
모른 만큼 아버지를 등지는 것이나니
내 뜻대로만 가득 찬 내 안의 감옥이었고
그곳에 갇힌 수인(囚人)이었음에

모든 사랑 가운데
아버지의 사랑만큼 가장 크고 돈독함이 없는데
철없는 탕아 등 돌린 지 오래전 이야기요

안개 속에 시야 가린 불효자로다
기도 중에 가장 큰 기도는 아버지의 기도이고
축복 중에 가장 큰 축복은 아버지의 축복임에도
무지의 언덕 높기만 하였더이다

인생
그저 내 아버지의 흰머리가 나에게도 난다는 건
이제는
자신의 새로운 색깔을 입히라는 것이니
아버지의 뜻을 조금 볼 수 있다면
세상은 이제 조금 보인다는 이야기일 게다

백치

어젯밤엔 몹시 강한 바람이 불었어
내 정원의 여린 아이들은 모두 울다 지쳤었지
내 귓전에 밤새 흐느끼는 소리로 가득했던 밤인 거야
떨어져 나뒹굴던 갈 길 잃은 마음들이
밤새 토해낸 그 고뇌 허옇게 쌓여
질식된 통증은 눈이 되어 내렸었지
사는 날 잃어버린 첫눈이 내렸었지
세상은 온통 하얀 소복을 입었었어

그 세상엔 지금도 하얀 백치가 살고 있나봐
모든 슬픔도 잠재운 하얀 설원 위에
아무것도 보이지 않는 백치가 살고 있었던 거야
백치는 지금도 창문을 열어
하얀 설원의 지평선을 쳐다보는 거야
아무것도 보이지 않는 무색의 설원을
네 하나, 점 하나의 그 언어를 기다리는 거야
네 하나 오로지 제 품에 오는 걸 기다리는 거야

오지 않아도
오지 않아도
소식마저 없어도

네 모습 하나 살아 즐거운 거야
네 하나 영혼 속에 숨 가쁘게 사는 거야
네 하나의 모습은 백치의 전부인 것을
네가 존재하기에
가슴이 뛰는 것을 백치밖에 모를 거야
아무도 모르는 무엇보다 소중한 백치의 보물을

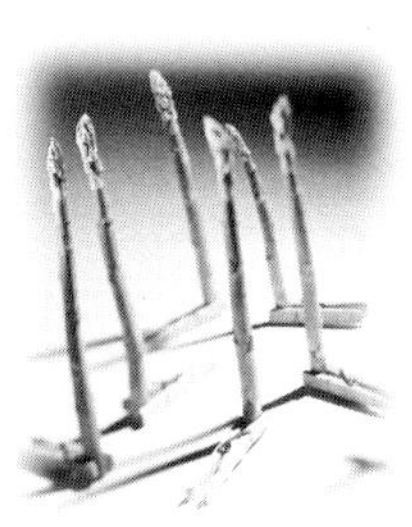

저 별을 찾는 길은

내가 나를 다시 보아

내 안의 신전(神殿)에 별을 낳는 일이다

내 안 깊은 곳에 너를 섬기는 일이다

—「별 2」중에서